Les babouches d'Abou Kassem

CONTE DES MILLE ET UNE NUITS

de
Myriame El Yamani

illustré par
Adeline Lamarre

e conte des Mille et Une Nuits est célèbre depuis très longtemps et il a été racon. dans de nombreux pays avant d'arriver jusqu'à nous.

Il y a des siècles, le sultan Shahriyar avait été trahi par la femme qu'il aimait. Pour qu cela ne se reproduise plus, il avait donc décidé de prendre une nouvelle épouse chaqu soir et de la faire décapiter au petit matin. Comme il ne restait pratiquement plus d jeunes filles disponibles dans le royaume, c'est finalement Schéhérazade, la fille de so vizir, qui se présenta devant le sultan… avec une petite idée derrière la tête. Au bea milieu de la nuit, elle commença à raconter une histoire qui passionna son époux, a point qu'il remit son exécution au lendemain pour en connaître la suite.

Ce stratagème dura mille et une nuits. Au bout de tout ce temps, Schéhérazade ava réussi à distiller dans les veines du sultan le doux poison de l'amour et à lui faire oubli sa vengeance. Il paraît que les mésaventures d'Abou Kassem lui furent racontées lors la 795e nuit. On imagine sans peine l'éclat de rire du sultan à l'audition des malheu de ce marchand avare.

L'épopée des Mille et Une Nuits, datant de plus de mille ans, a été traduite dans d nombreuses langues. Elle a été traduite en français pour la première fois par Antoi Galland (1704-1717).

En souvenir de feu Brigitte Fauchoux
avec qui j'avais partagé cette belle histoire.

Et à tous ceux et celles qui suivent
mon chemin de conteuse.

M.E.Y.

À mon frère, Bruno.

A.L.

Dans l'ancienne Cité de Bagdad, vivait un très riche marchand, terriblement avare, qui s'appelait Abou Kassem.

Il était connu de partout à cause de ses misérables babouches, toutes poussiéreuses, rapiécées, garnies de clous et lourdes comme des billots de bois.

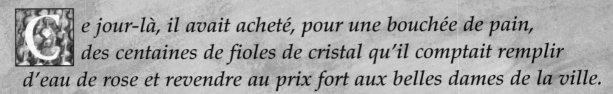

Ce jour-là, il avait acheté, pour une bouchée de pain, des centaines de fioles de cristal qu'il comptait remplir d'eau de rose et revendre au prix fort aux belles dames de la ville.

En ce temps-là, lorsqu'un marchand faisait une bonne affaire, il invitait ses amis à une grande fête. Mais rien qu'à penser au mot « fête », Abou Kassem avait des sueurs froides.

Il n'y aurait donc pas de fête mais cette fois, au diable l'avarice ! Abou Kassem décida de s'offrir un bon bain au hammam.

Fier comme un rat d'égout, avec sa djellaba toute trouée, il entra dans le plus bel établissement de bains de la ville. Il enleva ses loques au vestiaire commun, aligna ses ignobles babouches à côté de celles des autres clients et se laissa frotter et masser avec délice.

Parfumé et rasé de près, la peau aussi douce que le miel, il retourna au vestiaire pour se rhabiller. Et là, disparues les babouches ! À la place trônaient de magnifiques pantoufles en cuir rouge, brodées de fil d'or.

« Un de mes amis a sans doute voulu me faire un cadeau, se dit-il. Quelle aimable attention ! » Et sans plus réfléchir, il chaussa les nouvelles babouches et s'en alla, tout heureux.

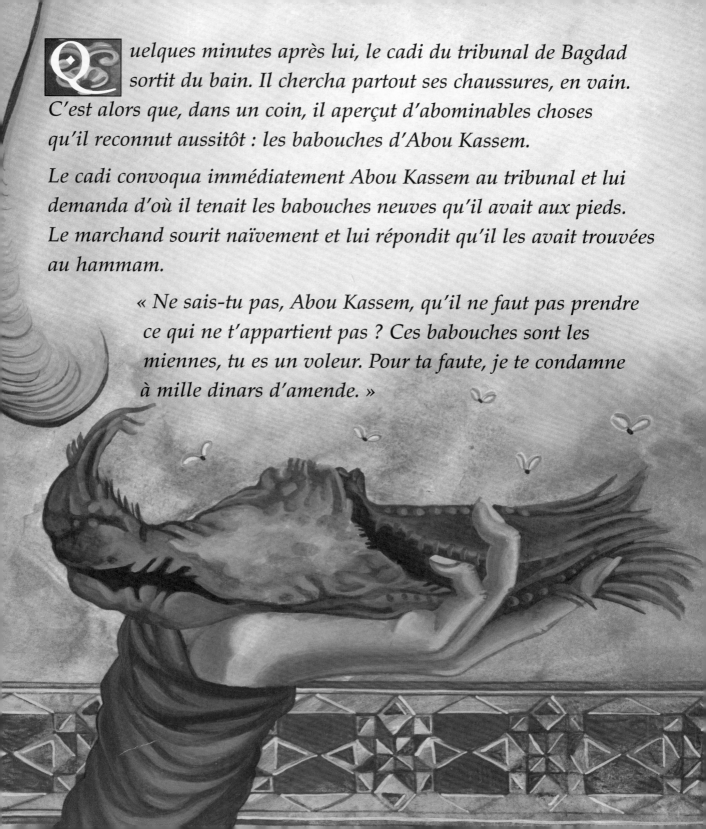

Quelques minutes après lui, le cadi du tribunal de Bagdad sortit du bain. Il chercha partout ses chaussures, en vain. C'est alors que, dans un coin, il aperçut d'abominables choses qu'il reconnut aussitôt : les babouches d'Abou Kassem.

Le cadi convoqua immédiatement Abou Kassem au tribunal et lui demanda d'où il tenait les babouches neuves qu'il avait aux pieds. Le marchand sourit naïvement et lui répondit qu'il les avait trouvées au hammam.

« Ne sais-tu pas, Abou Kassem, qu'il ne faut pas prendre ce qui ne t'appartient pas ? Ces babouches sont les miennes, tu es un voleur. Pour ta faute, je te condamne à mille dinars d'amende. »

Abou Kassem eut beau crier et se lamenter, le juge n'en démordit pas. Le riche marchand n'eut d'autre solution que de payer sur le champ cette somme colossale, ce qui lui arracha le cœur. Et notre homme repartit, tout piteux, avec ses vieilles babouches répugnantes.

Fou de rage, il rentra chez lui et les jeta par la fenêtre. Elles tombèrent dans le fleuve qui coulait au pied de sa maison. Quelques jours plus tard, elles se prirent dans les filets d'un pêcheur qui les reconnut aussitôt. Il récupéra les babouches dégoulinantes de boue, se rendit chez Abou Kassem et les lança par la fenêtre ouverte.

Une fois hélas, elles atterrirent sur la table où le marchand était en train de remplir ses précieuses fioles.

Badaboum !

Tout tomba par terre et vola en éclats. Abou Kassem s'arracha la barbichette en poussant des cris d'écorché vif.

« Par la faute de ces satanées babouches, envolées, les bonnes affaires ! »

il décida alors de s'en débarrasser une fois pour toutes.
Il courut dans son jardin, creusa un trou plus profond que lui pour y enfouir la cause de son malheur.
Il reboucha le tout, tassa la terre et se frotta les mains.

« Voilà, bon débarras !
Ces maudites babouches sont maintenant mortes et enterrées. »

Deux fois hélas, le voisin d'Abou Kassem l'avait vu creuser
l'énorme trou au fond de son jardin.
Connaissant bien le vieux grippe-sou, il se dit qu'Abou Kassem
y avait caché un trésor de pièces d'or et d'argent.
Or, dans ce pays-là, la coutume voulait que l'on donne au calife
la moitié de son trésor en guise d'impôt.
Le voisin courut chez le juge et dénonça le malheureux.

e cadi convoqua de nouveau Abou Kassem et lui demanda ce qu'il avait enfoui dans son jardin.

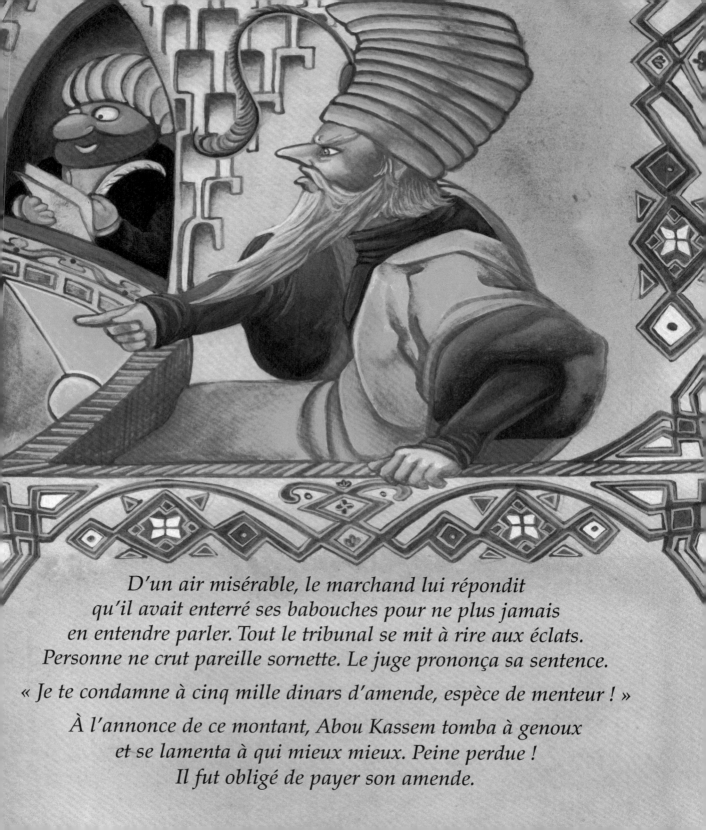

D'un air misérable, le marchand lui répondit
qu'il avait enterré ses babouches pour ne plus jamais
en entendre parler. Tout le tribunal se mit à rire aux éclats.
Personne ne crut pareille sornette. Le juge prononça sa sentence.

« Je te condamne à cinq mille dinars d'amende, espèce de menteur ! »

À l'annonce de ce montant, Abou Kassem tomba à genoux
et se lamenta à qui mieux mieux. Peine perdue !
Il fut obligé de payer son amende.

De retour chez lui, il fonça dans son jardin, déterra
les horribles babouches et les flanqua dans un sac.
À la sortie de Bagdad, il jeta le tout dans un étang aux eaux tranquilles,
tout en vérifiant que, cette fois, personne ne l'observait.

Trois fois hélas, ce bel étang était le réservoir d'eau de la ville.
Entraînées par un tourbillon, les savates s'engouffrèrent dans
un conduit et le bouchèrent. Bientôt, toute la ville de Bagdad
fut inondée. Les ingénieurs enquêtèrent et finirent par trouver
la cause du terrible fléau : **les célèbres babouches !**

 n rapporta au cadi la cause de la catastrophe et, une fois de plus, celui-ci convoqua Abou Kassem.

« Dis-moi, l'ami, te voilà devenu maintenant un pollueur. Cette fois, ce sera dix mille dinars d'amende. »

Voilà qu'Abou Kassem était ruiné. Et on lui rendit **ses affreuses babouche** Écumant de rage, il décida de s'en débarrasser à tout jamais par le feu. Une fois chez lui, il les suspendit sur son balcon afin de les faire sécher avant de les jeter dans la braise.

Mille fois hélas, le chien d'Abou Kassem jouait à cet endroit. D'un coup de patte, il essaya d'attraper les gouttelettes qui dégoulinaient des babouches.

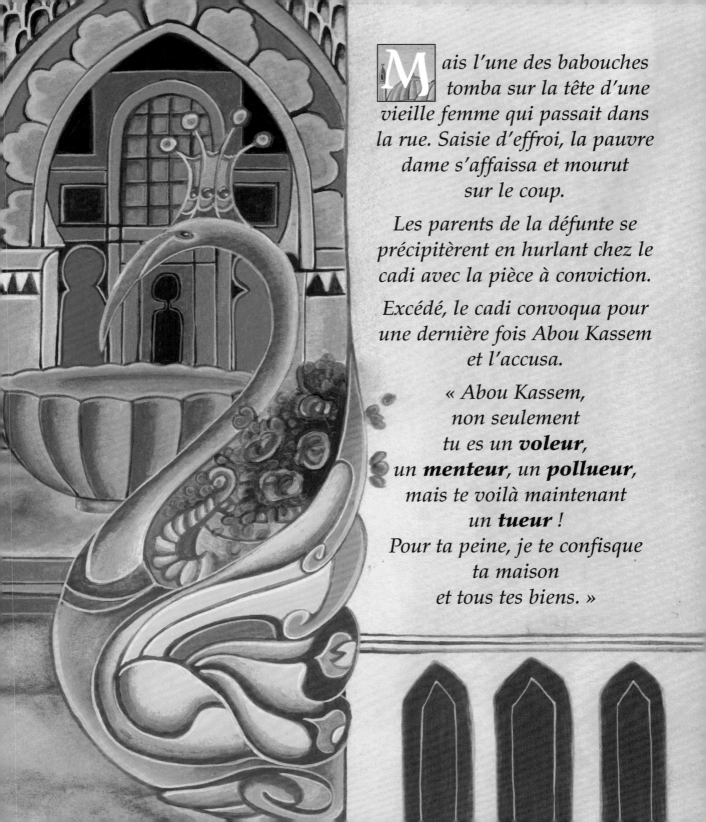

Mais l'une des babouches tomba sur la tête d'une vieille femme qui passait dans la rue. Saisie d'effroi, la pauvre dame s'affaissa et mourut sur le coup.

Les parents de la défunte se précipitèrent en hurlant chez le cadi avec la pièce à conviction.

Excédé, le cadi convoqua pour une dernière fois Abou Kassem et l'accusa.

« Abou Kassem, non seulement tu es un **voleur**, un **menteur**, un **pollueur**, mais te voilà maintenant un **tueur** ! Pour ta peine, je te confisque ta maison et tous tes biens. »

À ces mots, Abou Kassem fut pris d'un énorme rire.

« Mes babouches, Monsieur le Juge, je vous les donne. Et pour rien ! »

Abasourdi, le cadi se demanda ce qu'il allait faire
de cet encombrant cadeau.

Abou Kassem lui souffla à l'oreille :

« Autrefois, j'étais riche ou je croyais l'être. Me voici pauvre.
Vous m'avez tout pris et je n'ai plus rien à perdre. Je suis enfin libre ! »